尾崎知子歌集

三ツ石の沖

青磁社

＊目次

I

III

装幀　濱崎実幸

尾崎知子歌集

三ツ石の沖

I

真鶴岬

真鶴岬に朝日差しきて三ツ石の寄りそふごとし逆光のなか

昭和七年正月、与謝野鉄幹・晶子が真鶴を来訪。
わが立てる真鶴崎が二つにす相模の海と伊豆のしら波　晶子

真鶴岬に晶子の歌碑をよむわれとジオパーク案内板見てゐる夫

「あなたにそつくりなひとがゐる」老い人に話しかけられバス乗りすごす

エプロン姿でバスに乗りくる人のあり祭提灯下がる町筋

キツネノボタン

ひとむれのキツネノボタンの小さき黄にてんてん天から雨が降り出す

スーパーの大き袋は両手にあり体を四角く保ちてあゆむ

背高泡立草の黄の横つ面、じゆげむじゆげむと川沿ひの道

バス停の名を順番に諳じつつ子はブランコをゆらしてゐたり

どくだみ

麦を煮るにほひしてくる夕まぐれしばらく来ない息子をおもふ

ひたすらに子の受験期は草取りせりどくだみ匂ふ庭に顔伏せ

どくだみの茎を最後まで掘りあてるけふのあそびのさびしきまでに

病院の床屋で坊主にされし子をかなしみたりき若き母われ

鯖食べてタラコくちびるになりし子の五歳の記憶たしかめてゐる

百個ほど包みしギョーザを食べし子らふはふは思へばかがやくものを

フライパンにあふるるほどの玉ねぎをいためたりけり子らのゐたころ

牧水の旅

銅像の一重まぶたの牧水の目線の先をつばめよこぎる

牧水の生家の石垣ゆるぶところビニール傘の一本かかる

牧水の歌碑はぬくとし日を浴びて自転車一台かたへにとまる

アイスパインかじりつつ行く商店街ブーゲンビリア両側に咲き

願ひ込めかはらけ投げる女ゐて青島神社に檳榔樹《びんらうじゆ》高し

かがり火に前ゆくひとの銀髪のとろりととけて夜神楽に入る

天安河原《あまのやすかはら》に薄日差すところ米粒積むごと石積みきたり

河原には無数の石が積まれゐて願ひの丈がさらされてをり

京都

飲みなほすお酒のやうに二月堂の急勾配の階段くだる

寺ぬちに林のやうに襖立ちその空間に鳥の声する

すり減りし木の筒をふりおみくじの一本引けり京都の旅に

六月の水の濁れる保津川に船底がりりりと音させてゆく

古きブランデー

父と呼べるのはこの義父だけになった

褒めくるる人のみ信じる老い父が不自由な手でワンカップ飲む

海外の土産の古きブランデーわづかばかりを紅茶にたらす

車椅子で新しき眼鏡をつくりに行く父生き生きと九十一歳

灯のしたに肋骨のならびほそく浮くひたすら寝巻に着替へる父は

大仏の左手のごと平《たひら》かな麻痺の父の手に丸薬のせる

いたはられる身になりし父深くなり雲の間《あひ》からこぼるるひかり

おやぢこんなに鼻高かつたんだ、銀色の鼻毛一本切りやるひとは

食するはかがみこむこと老い父は鰤の切り身を食べるためのみ

慣れてくるとかうしてああしていふ父に二つ割り柚を片手でしぼる

六日目に爆心地入りせしことをはじめて語れり九十歳《くじふ》を過ぎて

「瓦がねぢり飴のやうになつてね」遠き目をしてあの日の広島

なつかしがる風でもなくてぼそぼそと被爆六日目の広島をいふ

七草と小さく書き込みある手帳開きてありぬベッドのかたはら

柘植の木を雲のかたちにせし父に手力ありき初夏の庭

ミシンを踏む母

縫針であまたの傷のつきし指きちんと組みて母は逝きたり

針穴をひそと通りて逝きし母しろき絹糸一筋ひかる

孫むすめの服つくるためデパートで流行メモせし母はあらざり

加減して片足を踏む母がゐたミシンの上に布を動かし

セーターをほどきし毛糸を湯気に当てまつすぐにせしある日の母は

孤のよろこび

雑草にからまりながらひるがほのま白き五つ空き地に咲けり

マンションの部屋に襖を閉めをれば孤のよろこびが立ち上がりくる

だまされかけ人を疑ふ老後もあるカギを差し込み左へまはす

八階の露天風呂より見下ろせばライトバン神輿にこどもら付きゆく

焼き茄子のごとくくづるるケトルあり瓦斯の炎の夢に青かり

全身を黄砂にかすみたる姉は巫女の言葉でメールをよこす

布をゆすぐをんなの肩はさびしくてまだ絵の中に棲みつづけをり

短　冊

ビニールの笹の葉の間に揺れてゐることば見て過ぐ銀座通りに

マジックで書かれたる文字幼なくて転生ねがふ小さき短冊

二の腕のしだいに重く冷ゆる夜は故郷に板戸を閉める音する

どなる人は孤独のゆゑとぽつりいふショートステイより戻りし父は

なまパン粉にミルクをまはし入れてゆく幼なはうつすら寄り目をほどく

階段の一番下に腰かけて児は人形にコーラ飲ませをり

〈ざんざんばらん〉

サーフィンする人らの頭ぽつぽつと波間に見ゆる　死を知らぬまま

しーしいしーしー蟬がうるさく鳴く朝の携帯電話に訃報が届く

絶筆なる「新樹滴滴」読みをれば喉の詰まりて二度ほど中断

ゑくぼある笑顔に呼ばれしやうに来た偲ぶ会なり　白菊手向ける

〈ざんざんばらん〉に背中押されて帰る道河野裕子のあふるるごとし

コスモスのあふるるごとく庭に咲き二度と使へぬ「ざんざんばらん」

くぎ抜きひとつ

感情を出さざる女と言はれたり片足上げて目つむりて立つ

水色のちやうちん袖のふくらみのなかにわたしの幸せありき

水平に飛びつつ鳩は十字架の形になりぬ　海ひかりたり

よばれたる気がして入る裏道にくぎ抜きひとつ落ちてをりたり

夕空に湧くごとく鳴るアベマリア饅頭屋ひそと戸口閉めたり

下むきてバス停へむかふ青年の眼鏡フレーム　息子ぢやないか

漫画本

車の傍に捨てられてゐる漫画本小雨ふりだす川沿ひの道

雨の道にふくらみはじむる漫画本ピンクのページひらかれたまま

占師はわが手の平の十字差し、あなたは信心深い人だと言へり

階段の踊り場の隅にはりついて子どもは壁の一部になりぬ

震度六

淵野辺駅のプラットホームに立つわれに鉄柱ゆらし震度六きたり

駅前に蚊の湧くごとく人らきてそれぞれ向きかへ携帯電話す

地震後にタクシー相乗りせしをみなタオルに包める小猫を抱けり

ゆれてゐる脈打つてゐる目をとぢる瞼おさへるふたたび余震

大小のペットボトルに水をくむ計画停電十二時四十分から

耳鳴りが時々ミーンとする日々に船底にゐるわれとおもへり

桜花散る

四階の窓から見ゆる木の枝に小鳥のよこがほ葉影にうごく

たえまなくマンション前に風が吹き道のくぼみに桜花散る

甘きものあればマンション出入りする黒きベレー帽かぶりし蟻は

琉球あさがほ

まつ青な琉球あさがほ四つ咲く「未来クラブ」といふ老人ホームに

老いたる父が献立表の裏に描く色鉛筆のマリーゴールド

量販店で大人のぬり絵買ひくればぬり絵がすきな父は喜ぶ

平山郁夫の絵など知らずにきた父が色鉛筆で描く里山

面会に来たひとの声吸ひこめる琉球あさがほ藍ふかき花

ドーベルマン

これ以上我慢のできぬ藤の花下辺を行けばほろほろこぼる

風船がぱちんと割れてきずつきしこころのこれり三月の空

感情をむき出しにせず生きてゆける排水溝から湯気の出る町

かつかつと爪の音してドーベルマン二頭が前行くけふゆめのなか

「さみしいと思つたら一人では生きていけない」アキ子さんの口調甦る

湖畔にあるニジマス孵化場のフェンス沿ひ黄のフェラーリがすれすれに過ぐ

さざ波がなめらかになるまで見てゐよう木のつり橋のゆらぐ湖畔に

ポアロ

入店後の歩数まで言ひかねぬなり「ポアロ」に出て来る貴婦人よりツン

ジーパンで記者会見に出る男ふつうの顔だ直木賞受賞者池井戸潤は

真夜中に氷の二つ落ちる音ドアの隙間から死者たちの来る

ふはり浮くやうに起きたり腫れたる眼に放射能漏れのニュースが映る

放射能測定する人のうしろ姿ゴム長靴はずつぽり抜ける

水たまり

ジャスミン茶にストロー挿せばさつと飲む癌には見えぬ義妹《いもうと》として

長き髪をねぢりて高く留めてゐしカッコイイ義妹、やよひの桜

思ひ出が夕日に透けてあかとんぼ義妹の息子の嫁の名も恵子と

真鍮のネジが頭上よりぽろり落つ七月五日葬式の朝

手賀沼を大きくまたぐ橋越ゆる霊園行きのマイクロバスは

この夏に亡くなりし人おもひつつ柿の木に生る若実を見上ぐ

柿の木のまはりに水たまり三つあり一つは大きく深くありたり

食べ物に込めるおもひもなくなりてパックより出す奴一丁

定年近く妙にやさしきもの言ひになりたる夫もさびしき人よ

不安げに樹々鳴るゆふべ海遠し目を凝らしても三ツ石見えぬ

II

姫鏡台

春近し姫鏡台の引き出しにビー玉かくしぬ七つのわれは

牛小屋ゆ低く重たき声はして目覚めし日ありき霧深き朝

笹の鳴る村

駅弁のあなごめし載る膝ぬくとし祖母の住みにし駅へ近づく

目つむれば笹の鳴る村ゥかびくる足入れしときの川のつめたさ

稲の穂が風にかたむく荒瀬の田叔父の小型車ゆつくり進む

あぜ道をまつすぐ行けば笹の鳴る竹林あるはず大きく手を振る

ひんやりした土間に入れば祖母の家に高菜の古漬けの匂ひがしたり

寝たきりに祖母の過ごしし奥座敷玻璃戸の向かうに鯉のゐる音

濃みどりの瑪瑙の帯留め花菱の形押さへし祖母の若き手

係累の少なきゆゑに葬式には絶対来てね、祖母言ひ置きぬ

「ねえさんが生きとつたら九十歳」指折り足し算してゆく叔父は

もうこれが最後になるか、叔父と撮る小さき駅の改札口に

奥湯河原

手をのべてふれる風船唐綿《ふうせんたうわた》のみどりのとげのやはらかきかな

道の辺に千日紅のしろとあか三人の髪をなでてゆく風

伊藤屋の二階の雨戸けふも閉ぢ奥湯河原にまつ赤なサルビア

杖をつく人の気になる朝の道母の晩年に似た人さがす

ちちははにおぶはれし記憶吾にあれど夫は無きといふ　野紺菊見る

スケート靴の刃で立つ

じわじわと枯葉は落ちていつしかに細き枝張る一樹となりぬ

産み月の娘の家のキッチンに伊豆のうめぼしパックを開ける

おかあさんのお手伝ひしてあげてね、うなづく四歳ふつと下むく

もえるゴミ燃えないゴミを分別すスケート靴の刃で立つやうに

キャンプ料理と名付けたスープ作り置く蕪と人参ウインナなど入れ

まはる転生

柿の実の落ちゆくさまもその音も聞かざるままに秋は終りぬ

細枝に偽ダイヤめき光りをり冬の雨の雫ふたつみつ

読んでもらへないかもしれないがと最後に書かれた手紙を読みぬ

くるりくるりまはる転生おもひつつ熱湯入れてしやうが湯を飲む

病後なる長嶋さんも王さんも時々ニュースに出てきてわらふ

原　発

火吹き竹をかまどで吹きし日のありき原発などのなかりしころに

原発とニュースに言ふたび原爆と聞こえてしまふ広島生れは

白壁に大き黒蜘蛛あらはれてモーゼの怒りのごとく動かず

ミセス・ブルー

抱けばねむりベッドに下ろすと目を開ける赤子の重し　鈴虫の鳴く

三時間ごとに母乳を与ふる娘《こ》　ミセス・ブルーのひと日はじまる

おつぱいをたつぷり飲んでたちまちに赤子はをぢさん顔になりたり

ウー、グー、ヴー、赤子と交信する昼間キッチンに蜆が口をあけたり

五歳児はウー語で弟と対話するうすもも色にゆるるコスモス

柿の木

柿の木の陽のあたる面は白っぽくその裏側に青き苔つく
この春に誕生と死のつづきたり赤子の顔を照らす死者たち

白ゆりの献花の一対墓に供へひとり祈りぬ薫大姉に

死ぬ前に後悔したくなきことを祈れば白き静寂のくる

柿の木の方からズシンとやつて来る六月の夜の生命力が

外灯にあはく照らさるる柿の幹洞の奥なる瞼を閉ぢよ

＊

てつぺんに三本の枝ま直ぐ伸ぶ自らあそぶがごとき柿の木

柿の木の傍のアパートの古壁に女探偵目を見開きて

標識の（防火水そう）の赤き字が柿の葉陰にもうすぐ消える

柿の木の幹の中ほどに溝のあり垂れさがりつつ蜘蛛の巣かかる

この夏を淡く過ごしし部屋ぬちに蟬の声聞く　裕子さんの忌

救急車眼下に停まり搬送をされゐる人の顔は見えない

すれちがふ車を避ける曲り道いつしかわれはわが子を頼る

＊

（防火水そう）の丸き表示板見えるやう枝払はれて柿の木しづか

おもしろくなささうに実を付けてゐる小粒ばかりだ今年の柿は

柿の木の根元に枯葉の重なりてゲリラ豪雨のあとのしづけさ

小学生ら頭上に電車の走りても平気な顔だ登校の道

産土神社の前でかならず礼をするカタバミの花道に咲く日も

五時半に町に流れるアベマリア押されるやうにわが喉ひらく

ぽつねんと道の辺に立つ柿の木のけふはモアイの像に似てをり

＊

柿の幹に「直売所」の板くくられて台に売らるる大夏みかん

アパートの二階の高さまで伸びてゐる柿の葉だれも気にする人なし

をみな四人ラーメン餃子食べてをり花火の音を背に聞きながら

この夏が最後の花火とおもひしが朝の散歩にやがて忘れぬ

飲みかけのペットボトルを陽にかざす離れてゐればやさしき君なり

サルバドール・ダリの絵のなか枝に垂る懐中時計に鎖のあらず

＊

末の子の人の良さなど案じつつ祖母は逝きたり七年前に

引き込み線より車輛出てゆく朝五時の湯河原駅に人の影なし

あを白く明けてゆく朝ゆつくりと坪内稔典の『柿日和』読む

封書には用件のみの便箋一枚入つてゐたり葉桜のころ

料亭の花を活け続けてきたひとの今月最後になると言ひたり

ぼあぼあと枝にみどりの伸び出して般若心経聞こえてきたり

てのひらにひよこ一羽を載せをればわが手のぬくし青葉の影に

なにを着て行かうとしばしおもひをり花を見ぬうち柿の実の生る

アイヌコタンで買ひし木彫のペンダント裏にトモコと彫りてくれたり

小さきわが手

イチョウの葉一本われに差し出してすこし照れたり二歳男《を》の子は

アンモナイトの丸みをなでる幼なき手　博物館より海のひかりて

百均で買ひ来しハロウィンの帽子から児はにんまりと黒マント出す

店奥の棚に重ねて置いてありクリームパンのやうな肩パット

手しごとを好みし祖母に似てゐるかつくづく見れば小さきわが手

あまおうのリキュール

電話帳の捨てられてゐるところより出てくる出てくる蟻の行列

ふらふらとさみしき顔の白き犬なだりに咲きたる月見草まで

外壁に動かぬ大蛾けふもゐて見るたび弱者になりゆくわれは

駅前のバスのベンチで話す夜ザックを膝に息子は聞くのみ

あまおうのリキュール注ぐ夜の卓老後といふをわれ生きむとす

上高地

山水のしみ出る道を行くわれと新芽求むるサルたち出会ふ

川べりに化粧柳のみどりあり写生の筆に水を吸はせる

梓川の岸に拾へる川石に銀色の層ほそくありたり

振動にふいにちいちい鳴きはじむ上高地で買ひしメジロ人形

大陸時間

待ち合はせにいつも遅れしわが父よ満州仕込みの大陸時間

ブーツの中にジーパン入れて広島の市民病院までの雪道

つぎつぎに親戚くれば「まるで死ぬ前みたいだ」と父言ひたりき

癌のひとの胸に照射の×印黒マジックでかかれしを忘れず

輸血する父を見る目に弟のせつぱつまつた若さがありぬ

子を叱ることなき父の一生をもの足りないと思ひし日あり

母逝きて父残りたるこの春にたき火するごと手を火にかざす

「赤い月」テレビドラマの中で見るちちはは暮らししハルビンの街

暖炉ある洋間に敷きし畳の上《へ》に幼な子這はせし若き母ありき

春になればアカシアの花咲き出だすハルビンの街こととしも思ふ

ビロードの鼻緒

蜜柑の木を植ゑたる駅のホームにはもがれぬままの実があまたあり

制服の胸から下を映されて同級生の自死言ふ少年は

「シャテキ」と書く硝子戸越しに三本の銃重たげに台に置かるる

すがた良き柘植の木四本庭にある本家にいまだ子孫生まれず

ビロードの下駄の鼻緒のきゆつと締まる霜柱立つ土踏みしとき

門前《かどさき》のレモンの袋ひとつ選り竹筒の口に百円入れる

伝書鳩を飼ふ小屋に垂る白き花この山里に帰り着くもの

池の面より垂直に飛ぶあかき鯉いのちをかけてせしものあはれ

デニーズでひとり食べをりかたはらにケイタイ青く光るを置きて

三十年以上くらししその家にわがわすれもの差し歯一本

根府川駅

海近き根府川駅のプラットホーム停車中にも揺れるがに見ゆ

しまらくは鈴虫の音《ね》の入りくる根府川駅にドア閉まるまで

根府川駅のプラットホームに不ぞろひの石に囲まれ水仙咲けり

セブンイレブンのあかりまぶしき駅前にひたひた沈む夜のベンチは

駐車場にくろぐろ群れて頭《づ》のところひからせてゐる車を見たり

予感

根こそぎにしたはずなのに白あぢさゐ今年も咲けり亡父の庭に

赤唐辛子六本描きし葉書きてあすはいいことある予感せり

カーテンを閉めて画面の光らぬやうパソコン見てをり仕事行く前

検査結果を聞く日は明日、うららかに洗濯物をたたみて過ごす

産土神社の石垣にきて低くとぶ揚羽蝶《あげは》はあをきS字をゑがく

枇杷の木下にあまた落ちゐるつぶれ実に薄日のあたるひとところあり

わが頭には朝鮮ニンジンの根のやうな枝分かれする動脈映る

共通の話題は健康なにごともなかつたやうに夫と話せり

検査結果でたならすぐにやめるなりバイトであればやすやす諾ふ

形見のやうにわたす真珠のイヤリング、いつかあなたに褒められたから

一身上の都合が理由、自由なれど誰とも話さぬ日の風の音

Ⅲ

サネカズラ

昼の月はつきり見ゆると指をさすわが知らぬ人立ち止まりゐて

岬への道のほとりにジンジャーの花の枯れつつ甘くにほへり

真葛の実を引きよせて蔓に捥ぐ強き力が手にのこりたり

左手のくぼみに載せるサネカズラ粒実は暗き血の色持てり

伊豆大島、四季

冬

ジェットフォイルに乗る前に書く乗船票もしもの時の連絡先も

出航の列に青年三人が明日のトライアスロン話す

ジェットフォイルで港に着けばバス前にアンコ娘の立ちてゐるなり

三原山神社の鳥居の上に見ゆあやふきまでに小さき富士山

三原山のお鉢の中に断層はバウムクーヘン状に重なる

お鉢まはり半分すぎてリュックより出すおにぎりに大き蟻くる

道端の土管のやうな避難所に幾人のひと入れるだらう

春

キョンといふ小さき鹿の尻ひとつすばやく椿の繁みに入る

伊豆大島の動物園に立ちつくす駱駝のまつげフェルトめきて

三年前土砂崩れせし山の傾りガードレールが縦に垂る見ゆ

松葉杖の片方の先で海域の断層図差す地元研究員は

翌朝に霧のながるる三原山わだちの跡がのこる砂道

夏

海岸のコンクリートの防波堤すれすれにくる鴉をよける

かさなりあふテトラポットの隙間から海のゆらぎのかすかに見ゆる

原発の海へとつづく潮溜りに弾丸のやうな黒き小魚

うつすらと島に建物見えてをり「何もない島」友言ひたれど

初島の後方にあはく影となる伊豆大島の今朝は間近に

秋

台風のくる日の海は灰色で横筋ばかり　三ツ石見えぬ

避難勧告に島を出てきた老女らはあてがはれたる部屋に入りたり

島を出て部屋につきたる老女らは壁を背にして足をなげだす

避難勧告に島を出て来た人たちのその後をテレビは放映しない

冴え冴えと伊豆大島が近く見ゆかつてつながりしが海の向かう

晴れた日の伊豆大島はみどりなり空に吸はるるおだやかな海

台風去りどの蜘蛛の巣にも主をらず糸だけ光る川に添ふ柵

台風の去りにし空に黄金の川あらはれる　人の命の奪はれし後

さるすべりの花

しばらくを顔見せに来ぬ長の子の部屋より見ゆるさるすべりの花

ノストラダムスの予言信じてゐし息子いまヴォルビックの水を信じる

接近中うなりを上ぐる台風のときどきしづまるを湯ぶねに聞きをり

二畳ほどの店まかされて夢に売るカップラーメン棚からだして

朝まだき引き込み線路見ゆるまであかあか続く曼珠沙華の花

「義肢製作所」の看板見ゆるあたりから電車は徐徐に速度ゆるめる

頭の中に脳動脈瘤見つかりぬ白紫陽花はブログにたわわ

年寄りではないとおもへど年寄りとしていたはられると年寄りになる

「ありがとは？」頭をこくんとするだけで忙しさうに幼なは行けり

おもひきりピース

檸檬の木にあまたの檸檬下がるあさ、線路に沿へる道をあるけり

四輪駆動の車のナンバーはづされて山道わきに暗き窓開く

頭《づ》を低く川幅いっぱい羽ひろげ川上へ向かふ白鷺のあり

「門川《もんかは》」よりのぼれば右は潮音寺夕ぐれ登る人の影なし

指名手配の写真の前におもひきりピースして撮る少女をりけり

夜の白雲

目を凝らし鉄条網のむかうまでさがすねむの木　夜の白雲

アンチテーゼつて何?深夜メールに問ふわれに反骨精神と返信来たり

家の前掃きつつ吾子の受験期にロザリオばかり唱へしころあり

他県への高校受験に付いてきてくれし父なりただ一度だけ

あるときは恐いもの知らずにうち込みし釘のやうなる吾をひつこ抜く

天照山

卯の花に蜆蝶きてとまる昼天照山《てんせうざん》をのぼりゆくなり

しんとせる天照神社の横手には幼なのよだれかけ干してありたり

両側にシャガの花咲く細き道天照山へと続きてゐたり

真みどりの苔むす石の下に入るプラスチックのやうな沢蟹

杖つきてのぼりてゆける山道にうごめく沢蟹山を動かす

とつぜんにあらはれ石下にもぐりゆく天照山に沢蟹多し

白雲《はくうん》の滝にするどき鳥声の交錯したり水はひかりて

滝音に二人の会話ちぎれたり　水のはげしさ垂直に落つ

横須賀ストーリー

最後尾のプラカード高く持つ前にぞろぞろつづく基地開放日

山口百恵の住みにし町の暗さなく横須賀基地の前に光あり

さまざまな人種の顔の飾らるる肖像画店　壁いっぱいに

本町通りからドブ板通りに入りたり横須賀ストーリー始まる予感

わが住む町

土匂ふ１３５号線のガード下くぐりて海への道に出でたり

波、波、波、花火のやうに砂浜に大きな花を見せてはかへる

海に入る流れを挟み方向を違へてあゆむ白鷺と鷗

生と死が背中あはせの川の傍、海岸の際、わがあゆみをり

対岸の桜の下に椅子二つ川に向ひてならべてありぬ

ひとりきりでゆでたまご食ぶる昼下がり柿の木ぬらす雨のふりだす

雨になり部屋にこもりて裕子さんの『体あたり現代短歌』読みゆく

全身が固きうろこの一樹なり頬よせて抱くＭＯＡ美術館前

尾行するやうに女人のあと行けば産土神社の前の夕映《ゆふやけ》

A3ほどのソーラーパネルが外灯用に設置されをり海の公園

ちかづけばますます海の青深し家から見たとき白く見えたが

ティンパニの音が底から湧くごとし夕日色づく海へ近付く

灰色の首まはすたびあらはれる玉虫色の鳩の羽毛は

手術後の友へ届ける栗ごはん鳩の群れゐるところを通る

包帯を手に巻く人の過ぎゆきて枇杷の花の香ただよひゆけり

口空けしダンボール箱をつぶしをりあと三日にて今年も終はる

座布団の厚みにつまづく一瞬をあの世の母の裾に摑まる

三面鏡を捨てたるわれに猫足の四つの小さきくぼみ残れり

軍配ひるがほ

ウミガメが産卵をする砂浜に軍配ひるがほ勢ひて伸ぶ

ウミガメの産卵せしあと白砂の深くゐぐれて海までつづく

ウミガメの去りにし浜の白砂に茎伸ばしゐる軍配ひるがほ

干物銀座

春の海死にたる魚はすてらるる白き腹見せ沈みゆきたり

釣り堀のいかだの浮かぶ海上まで小さき船が客を運べり

殼うすく突起長きは身が太しさざえを楊枝で出すまつぴるま

荒波にもまれしさざえは足で立つ突起は海のひかりを吸つて

取れたての刺身を食べな、食感のがりがりするは活きがいいんだ

欠けたる歯のやうに並べる墓石なり漁港であればみな海へ向く

サンプルの干物の烏賊の白白さ見つつ歩けり干物銀座を

三嶋大社

富士山からの伏流水の湧きいづる源兵衛川に添ひつつ行くも

三嶋大社の池の辺来れば大き口犬ほど開ける二ひきの鯉は

境内にテントの並ぶ陶器市水玉のカップひたすら重し

ゴザを敷く台に座りてだんご食ふ、となりはスマホに夢中な少女

浅き川に富士の湧き水流れゐる町に見つける赤きサンダル

知覧

知覧に来てあまたの若き写真貼る壁をめぐりぬ　ただに歩めり

一途なる青年たちを向はせし青空けふも変はらぬ深さ

慰問袋に入りし手作り人形を胸に写れり少年兵は

鉄板の薄きを重ねし戦闘機、操縦席に一人乗る穴

日章旗の白き部分に書かれたる人名多し　墨字が滲む

桜島の噴火いとほし今生きて見る噴煙の真直ぐあがる

わが髪に粉のごときが降りてくる地元で〈け〉といふ火山灰なり

夏の雲

夏の雲、口にふくみし釘を出し一本づつをうちこむ男

三歳の男《を》の子の重さ膝にあり大花火見し今年の夏に

ムーミンの後ろ姿に似てゐたり玻璃戸にのこる小さき手の跡

レントゲン撮るため載せる台の上痛みの見えぬ両手を広げ

四階のショッピングモールの吹き抜けの天井までを縦に吹く風

良質な物が似合ふとはかぎらないＡＢＣマートに靴をさがして
ショッピングモールに売らるる小犬たちＬＥＤのひかりをあびて
ファラオ以上に猫を愛する女たち魚のやうにほほゑみながら

東京ぼん太

弁当のなき児はそつと出てゆきぬ小学校の白き校庭

背後から空手チョップでわが膝をがくんとさせて逃げし健太郎

「夢もチボーもないよ」昭和の一時期に東京ぼん太のゐたことうれし

ホイッスラー展よりかへりゆくところ首を突きだし進みくる鳩

ひさしぶりの銀座は建設中多し舗道に影のなき人ら行く

ベルナール・ビュフェ美術館

雨上りに赤薔薇高く咲きゐたりベルナール・ビュフェ美術館の前

背景の黒に「二つのテーブル」の一つは半分切れて描かる

パーキンソン病になりたる画家が渾身に描《ゑが》き遺《のこ》せり骸骨の絵を

靴ぬぎて入る子供の美術館切り株の椅子にリュックを置けり

仲秋の名月伊豆山歌会

紙袋にゆでたまご三個あたたかし海光町の坂をくだりぬ

「握手しませう」あかるき声のペッパーくん月見の会場宿のロビーに

神事ある伊豆山神社への近道は老人ホームの前を通りて

四人目の小池光の献詠の最中《もなか》に月、月、といふささやき

雲間より源実朝の目のやうな月が出でたり伊豆山神社に

わんぱくランド

ピカチュウの定期入れ出し子供用スイカなんどもたしかむ女《め》の子

アスレチック遊具でひとり遊びする子を目守《まも》りをり日盛りの中

一頭だけ目やにが長く垂れてゐるポニー見てをり〈わんぱくランド〉に

八歳のほつそりした背に重く垂る髪洗ひやるあかるき夕べ

テレビの前に忘れてゆきしどんぐりの青がいつしか鈍色になる

木の皿

家の鍵を置く木の皿にラムネ菓子、一円玉や輪ゴムもありぬ

いちごケーキひたすら食べる幼な子よ玻璃戸に透ける春のやまなみ

多面体の硝子に光があたるやうをさなのことばわれに反射す

ひりひりと冷風落つる下に座す三桁の番号呼ばれるまでを

去年のと比べて変化はないといふ脳動脈瘤まだ暴れずに

脳動脈の瘤の画像にぼんやりと無彩色なるあさがほおもふ

籐椅子にまぼろしのごと座す老いら　積乱雲は海上に来つ

手首弱きわれにボトルの蓋すこしゆるめて渡す夫になりたり

上野の森

五年ぶりに会ひたる姉に抱きつかれしみじみ近し姉のつむじは

二科展の春のロビーの柱影いつしかわれら高齢者なり

結社誌の見開きの頁コピーしてわが歌載るを姉に手渡す

会はなかつた五年の月日をほどきつつ上野の森の若葉まぶしき

秋草の柄

弁当におはぎ三個をぎゅうぎゅうにつめし母なり　わが誕生日

母の忌に配りし大皿手に重し姉とえらびし秋草の柄

振り込め詐欺の電話怖がる先生に欠席知らせるFAX送る

詩吟教室には生命力うすき老人と目的意識持つ女性たち

脱ぎすてたままのズボンが島となるひとりぐらしの君住む部屋に

キバナコスモス

回り灯籠まはる座敷に家庭運うすきを言ひぬ小さき祖母は

蟬声のなか読み返す祖母の手紙《ふみ》最後に大きく「さらば」とありぬ

千歳川沿ひの柵にはきびきびと手馴れた様子に蜘蛛が糸張る

川の半分埋めて咲きたるキバナコスモス午後の光を吸ひてほがらか

鈴虫の声透きとほり伊藤左千夫の短歌大会を知らせくれたり

冷蔵庫より賞味期限切れのジャム捨てて錆のつきたる蟹缶のこす

川の辺の道にメヒシバ一本を抜きて回せり　終活なんて

亡き母の使ひしミシンが台座から外されごろんと押し入れにあり

引き出しにきちんとたたみし下着見ゆ紙袋の束父は捨てざり

隣接する空き地に独身寮建ちて実家の柘植が買ひ上げられたり

散つてゆく枯葉のやうなひと日なり雀が一羽ベランダにくる

足摺野路菊

手に触るる葉裏に白き産毛あり足摺野地菊かはゆきものを

亀石の前をななめに横切つた長き尾つぽはイタチだつたか

潮風にとばされてきて幹の凹に貝は小さし目に触れぬほど

溶岩の間《あひ》に小菊の群れて咲く口重きひとかたはらにゐて

お遍路の札所の寺の境内に犬をかはいがる太つた住職

朝市に黄色き瓜の〈マンジロー〉ジョン万次郎の名今も高知に

部屋干し

春のあさ部屋干しにする手ぬぐひの端のよれよれ四隅をのばす

ひるしづか川の流れが海に入る　娘の近くに転居するひと

会ふときはウナギをたべに行きし友人工関節入れたると聞く

あぢさゐのあふるる寺の石段を共に歩みしが音信の絶ゆ

南三陸町に移植されたる紫陽花のこの参道に数株のこる

店先に長さそろへて束ねられ売らるる蕗を小雨がぬらす

十歳がわれに敬語をつかふとき電話の声は耳にさびしゑ

このごろは集中すると知らぬ間に目をつむりをり　特に歌ふとき

「初級英語」終へてミスター・ドーナッツに団塊世代長く居座る

死ぬ前にご相談くださいい、電子文字縦にながるる「天国葬祭場」

帯状疱疹

大陸から黄砂来るらし早朝に空と海との境界見えず

胸下から背に疱疹のできてをり桜のはなびらベランダに散る

ニガヨモギの苦さ口中に広がりぬ人間はまづ味覚を失ひぬ

ウィンナーのにほひを放ち白ゆりの全開したり部屋の片すみ

花束の花ひとつづつ枯れてゆく最初は百合で最後は梅なり

心と体は一体なりと言ひしひといま新幹線の車中にねむる

道の辺にかやつり草見てかゆくなる年老いてゆくわたしの体

ヘルペスのかゆみの消えし文月末、頭《づ》を掻く癖のいまだ直らず

パスポート用写真とわれを見比べて「何時撮つたか」と質問受ける

串ざしの団子のやうに四人乗るバイクの走るプノンペンの街

ドルで払ひリエルで釣りをもらふなりコインのない国、裸足の少年

選挙ある二日の間酒飲めぬこの国ポル・ポト政権下にありき

旅行前に処方されたる頓服を飲みつづけたり　泥の川見ゆ

ヘルペスの先にもストレスのあることを思《も》へり葉桜枝を茂らす

Ⅳ

三ツ石

夜のうちに右へ動いてゐたやうだ台風あとの三ツ石近し

三ツ石の後方から出《いで》し日輪《にちりん》の日に日に右へずれてゆきたり

遠く聞く原発事故の後遺症六年生きてそれはあらはる

夕ぐれに石を拾へりむらさきの石のおもてにわれは近づく

引き潮に道あらはるる三ツ石に青年が来てトランペット吹く

同窓会

古希となるわれら最後の同窓会、広島城のお堀が青し

モチーフが桐なる校章襟につけ風ふく三篠橋をわたりぬ

原爆の落ちし校庭と後に知るをかし三年間を過ごせり

校庭の桐の木に背をもたせかく原爆のあと生まれしわれら

制服のフレアースカートにパニエ入れ上級生の落下傘スタイル

君の表情たしかに見たりき校庭のフォークダンスに手の冷たさよ

踏切の向かうに男子と手をつなぐ友を見つけし卒業のころ

高校の卒業アルバムに捜すわれセシルカットが流行りしころの

相生橋《あひおひ》への川沿ひにバラックのありてその前通る時怖かりき

プラタナスの木肌まばらにはげてをり原爆記念日七十二年目

答案用紙見せあひし仲のミケ子ちやん広島弁で「ほうじやつたね」と

円卓に触れたる烏龍茶のこぼれクロスをよごす高校同窓会

四十四名の物故者の名にとがる耳　会の終りに一本締めする

アウシュビッツの影

クラクフまで電車の座席のゴミ箱を掃除の女は二度も見にくる

ゆらゆらと金魚の尾びれクラクフは異常気象の二十六度に

アウシュビッツ博物館の入口まで日本のをみな日傘をさして

〝働けば自由になれる〞門の字にガイドは幾度も「本当は嘘」

軍人の親指右に反る写真、働ける者は右、らうじんは左

貨物車を降りる男の後ろ姿　ダビデの星が空ひきおろす

軍人の親指の反る方へ向くがたいの大き男の影が

感情を圧する壁の厚さなりサイコロのやうな部屋にゐた人

生きてゐた子どもの描きし絵が数枚大人の目線に貼られてゐたり

古靴が山なす中にヒールあり履きゐし女の足首が立つ

新しかりし子供の靴の片方が時間の中に古びゆくのみ

いつのまに列とぎれたか空つぽの部屋にわれのみ　前の人追ふ

ブラウンの巻き毛は死後も巻きつづくガラスケースの人毛のなか

つる錆びて絡むあまたの丸眼鏡、ガンジー掛けし同型もある

階段の真ん中ロープで仕切られてうつむき下りる人上がる人

殺されし人ら触りしこの壁を階段下りつつふれていくなり

人体実験ありし建物ふりかへる崩れた煉瓦の間《あひ》の雑草

引き込み線の先まで行きてたちどまる　けふの青空息つけぬほど

三人が脱走できたこの場所に日本と同じたんぽぽ綿毛

見学を終へし人らの待つところ柳のみどりベンチに垂れる

食事前にしきりに怖いと手を洗ふ人をり市街の夜は更けゆく

銀色の硬貨一枚入れて入るトイレにならぶ人種さまざま

照り返す道に濃き影くつきりと生きてゐる人にかさなる亡者

ひとかどの椅子

カップ麺透けゐる袋手にさげて横断歩道を老い人の行く

大き字のジュニア新書を二冊借り町民図書館の自動ドア出る

音させず紅茶茶碗をゆるり置く窓のそとには梅咲き始む

雀色の服ばかり着るこのごろは漏斗を落ちるやうに時過ぐ

セーターを掛け上着掛けふくらみて居間にひとかどの椅子になりゆく

スマホにて撮られし映像両側が黒く狭まる中に雹降る

秋の軀

車中の人ら片側に寄り富士を見るビルの間に純白のやま

青竹のますぐに伸びる春日神社、五歳の男《を》の子と手つなぎあるく

五歳児のビロードのやうな髪撫でて風は吹きゆく高き梢に

街路樹の根方に枯れしあぢさゐの丸《まろ》み見て過ぐ鎌倉道に

紅葉が今年は遅しみかん山いまだ色づき足らぬ霜月

「銀杏ちるなり夕日の岡に」のフレーズが幾度もまはる秋の軀に

新婚のわれに消火器を売りつけし詐欺の男のその後をおもふ

次男へと出したメールの返信を待つ部屋かすかこほろぎ鳴けり

三江線

土手にかがみ祖母と摘みにしつくしんぼ三江線は廃線となる

夏休みの川原の石は焼けるほど熱くて飛び飛び川へ入りぬ

木の下の椅子に腰かけ本を読む叔母をセザンヌの絵ともおもひき

父の里は女も男言葉めく従妹のあまく不思議なトーン

霧深き里に行く道かき消えてわらぶきやねの家に祖母逝く

寡婦となり五人そだてし祖母のぶ子富士山のごとなで肩なりき

父方と母方の祖母里に生き里に死にたり　山ざくら花

仙石原

仙石原追ひ越す人の背のあとに付きて行く人小さく息吐く

ギボウシの立つ仙石原の植込みにさつと霧きて土に吸はれぬ

泥はねあげ少女に戻るひと時を沢あぢさゐの白き細花

ヤマボウシの高く咲く見ゆあと何年生きられるかをだれもしらない

締めのごと珈琲のみて山好きら人間関係なるべく切りて

百円ショップ

どくだみのにほひ残れる手で割りぬ昼餉のための卵二つを

口笛をはじめて聞いた幼な子は靴脱ぎ石の方ふりかへる

草むらめく百円ショップのフロアーに手品の道具を夫は探す

スーパーの床にきゆるきゆる靴鳴らしわがふるさとの麦味噌探す

電柱にカラストゲトゲ設置され彼奴《きやつ》は来ぬなり　月照りわたる

この町に住みて六年音だけの花火の聞こゆ海の方から

納豆の容器の白の鮮らけし打ち寄せられた浜辺のゴミに

ベルマーク

柿の木の高きところに残る実と同じ色なり最後の葉つぱ

ベルマークひたすら集めし小学生おとなになりても切り抜き止めず

さびしさが固つてゆく七十一歳霧立つ海に三ツ石さがす

コーヒーを混ぜる匙の手止まりたりざらめが欲しとある日の父は

同じドアー並びてをればドアノブにぬひぐるみ吊るす女性入居者

少女

ハイタッチするときたがひにわらふなり夏の二人児すんすん伸びて

誕生日がシェークスピアと同じ日と絹の重たさに少女は言へり

キリンのやうに足折り座る十一歳めがねの縁の青色ひかる

『精霊の守り人』持ち来て読む少女いつしかソファーに正座してをり

本を読むふりして大人の会話きく六年生のまた背が伸びて

弟は石に夢中だ水晶に似たるかけらを日に透かしをり

娘一家四人で見送りくれるのもいつまでだらう手を振り続く

家族アルバム

包丁で切り目を入れたキンカンを甘く煮てをりのど弱き娘《こ》に

積まれたる家族アルバム押し入れに錦紗張りありビロード張りあり

うす月に足跡ばかり浮かびくる父の靴跡雪にくぼみて

母逝きてそれからクリスチャンになりし父孫抱く写真一葉のこる

戦争を知らないわれの終戦日食後に小さき茶碗をあらふ

新玉ねぎの皮透きとほりいつしかに亡くなりし人ら遠くなりたり

施設に入るためにマンション出た人の消息淡しあぢさゐの花

小巻貝を縦につづけて2020畳に腹ばひ児は並べをり

海岸の段に座れる老人へ鳩がたどたどちかづいていく

あとがき

朝、部屋の窓から相模湾を見る。左手に見えるのは真鶴岬。その傍に、小さな三つの三角山の岩が寄り添うような形で並ぶ。それが三ッ石。見る度いつも変わらぬその姿に慰められてきた。そこで、歌集タイトルを『三ッ石の沖』とした。

塔に入会して十五年目になる。そして、第一歌集を出してから十年経った。環境も変わり、横浜市から今は神奈川県と静岡県の県境の湯河原町に住んでいる。この地は海が近く、晴れた日には伊豆大島も臨める。また、みかん山など自然に囲まれ、時間がゆったりと流れている。山を一つ超えたところに伊豆山神社があり、毎年、中秋の名月の日に「源実朝を偲ぶ伊豆山歌会」がある。その夕刻からは、境内で歌人と地元の小、中学生たちが、それぞれ献歌を献詠、奉納する「十五夜祭」が長く続いている。この地は歴史的にも短歌に縁が深いところだと知った。また、明治、大正時代から政界人、文化人が避暑地として過ごした所でもあり、与謝野鉄幹、晶子夫妻も、よく避暑に来たという。晶子の歌碑が真鶴岬の突端にあり、折々に行く場所である。

歌集には、二〇一〇年から二〇二〇年までの塔の出詠歌とNHK短歌友の会（小池光選）の作品等の中から五一一首に纏めた。ほぼ編年順にまとめたが、構成上いくつかの移動を含む。

所属する「塔短歌会」では、吉川宏志様はじめ選者の方々に、励しと力を頂いている。東京平日歌会では、花山多佳子様はじめ小林幸子様や会員の方々に、たくさんの学びを得てきた。また、湘南歌会の方々や歌を通して知り合った友だち、励ましてくれた先輩、見守ってくれた家族のおかげで続けてこられたことに感謝したい。

二〇二〇年は、三月頃から世界的規模でコロナウイルスが流行し、夏は猛暑が続き、自然災害も多くあった。昭和、平成、令和の時代を生きてきた中で、私には忘れられない年になった。

歌集出版に際しては、青磁社の永田淳様に、大変お世話になり、ありがとうございました。濱崎実幸様には第一歌集に続き素晴しい装丁を、ありがとうございました。

二〇二〇年九月三十日

尾崎　知子

塔21世紀叢書第378篇

歌集　三ツ石の沖

初版発行日　二〇二一年一月二十九日

著　者　尾崎知子
神奈川県足柄下郡湯河原町城堀一九九－六－四〇八（〒二五九―〇三〇五）
oztomo_kashuu_129@yahoo.co.jp

定　価　二五〇〇円

発行者　永田　淳

発行所　青磁社
京都市北区上賀茂豊田町四〇－一（〒六〇三―八〇四五）
電話　〇七五－七〇五－二八三八
振替　〇〇九四〇－二－一二四二二四

印刷・製本　創栄図書印刷

ISBN978-4-86198-488-4 C0092 ¥2500E